AF443912